あさがおのパレット

福田恵美子 詩集

竹林館

詩集　あさがおのパレット

もくじ

I

あさがおの
パレット

Ⅱ

いたずらなかぜ

III

ゆうひのほうへ

詩集　あさがおのパレット

挿画　福田紘子

I　あさがおのパレット

あじさいの　しょうたいじょう

シャワーの　あめを
くぐって　くぐって
みにきてね
なついろの　かぜに
ふかれたい　わたしを

あまぐもどおり
かきねのむかいがわ

みずたまりを
とびこえ　とびこえ
みにきてね
なついろの　そらを
ゆめみている　わたしを

きりさめどおり
でんでんむしだんち

しゃぼんだま

しゃぼんだま
うまれたときに
うたったね
にじのうたを

しゃぼんだま
かぜとあそんで
そまったよ
そらのいろに

しゃぼんだま
はじけるまえに
わらってね
ひかりのなかで

はるのかぜ

ふうわり　はるのかぜが
はやく　ふきたくて
そわそわ　しています

だけど　ちょっと　まって
きたのくにの　こどもたちが
しろいしゃめんの　そりすべり
まだ　むちゅうなんです
きらきら　わらって

ふうわり　はるのかぜが
そろそろ　でばんだと
でかけるところです

だけど　ちょっと　まって
みなみのくにの　こどもたちが
なのはなのたねを　うえたばかり
ひかりの　はなばたけで
はるを　むかえたくて

あさの　つき

しろい　そらに　とけそうな
あさの　つきは
ゆうべ　かなしいゆめをみて
なきじゃくっていた　あのこが
しんぱいで　のこっているの

うすい　くもに　かくれている
あさの　つきは
やっと　えがおに　もどった
あのこと　いっしょに　あそぼうと
そっと　のこっているの

あさの　つき
みぃつけた

いちご

いちごを　そめたのは
はるの　ひかり
あかい　いろ　だけを
こんなに　あつめて

かおりを　つけたのは
はるの　かぜ

あまい　においだけを
こんなに　えらんで

いちごは　うれしくて
はるの　えがお
ほほえみ　ひろがって
どうぞ　めしあがれ

つきのなかの　うさぎ

みかづきの　よるは
うさぎは　どこへ　いくのでしょう
せまい　せまいと　とびだして
あおいのはらに　おりてくるでしょう

うさぎ　うさぎ
うちの　にわにも　あそびにおいで

みかづきの　よるは
つきも　ためいき　つくのでしょう
しずかな　しずかな　よるのそら
はずんだこえが　こいしいでしょう

うさぎ　うさぎ
はやく　おそらに　かえっておいで

さくらの　はなびら

ひさしぶり
あえて　うれしいよって
だいちが　はなびらに

きみのダンスは　すてき
もっと　おどってみせてって
そよかぜが　はなびらに

ふんわり　はるのにおいがするよ
ずっと　そばにいたいなって
みつばちが　はなびらに

ちる　さくら
ひらり　はらはら
ひらり　はらはら

さくらんぼ

さくらんぼは　ゆうひのいろ
にしに　しずむまえの　ひととき
いつもゆうひは
さくらんぼのおしゃべりに　みみをかたむける

ゆきのように　やさしい
はなだったころの　おもいで

あわてんぼうの　ひよどりが
あおいみをつつきに　やってきたこと

あのね　あのね　それでね

しずかに　てらしながら
うなずいて　きいてくれる
ゆうひのことが　だいすきで

それで
さくらんぼは　ゆうひのいろ

かざぐるま

かざぐるまが
おかあさんかぜと　はぐれた
こどものかぜを　あやしている

だいじょうぶ　だいじょうぶ
ほら　ここに　はいって
くるくる　はしってみてごらん

かざぐるまは
やさしい　まるになる
まるになって　まるになって

あっ　とまった

かぜが
おかあさんを　みつけたんだね

あさがおのパレット

あざやかに　めざめて　ひらくのは
ゆうべみた　ゆめのいろなのね

ふかいふかい　うみのいろ
とおいとおい　くものいろ
あわいあわい　そらのいろ

よあけを　しらせるかぜ
らせんの　つぼみをゆすって
あさがおの　ゆめのえのぐで
にわ　いっぱいに　そめてね

Ⅱ　いたずらなかぜ

みみ

うわぁ
おかあさんの　みみの　いりぐち
めいろに　なっている

こっちに　まがると　いきどまり
あっちも　そっちも　でこぼこみちだ

ねぇ
ぼくの　おはなし
まいごに　ならないで
おかあさんのあたまのなかに
とどいてね

なまえの　あくしゅ

わたしの　なまえ　おぼえてくれたね
めとめが　あって　わらったね

わたしの　なまえ　よんでくれたね
かたとかたを　くっつけたね

なかよしの　はじまりは
なまえと　なまえの　あくしゅだね

たいせつな　なまえを　またひとつ
こころのなかに　しまったよ

きょじんと　ぼく

ぼくたちのすんでいる　ちきゅうを
ビーだまのように　ながめている
きょじんが　いるのかなぁ

まるで　ソーダすいの　あわのように
きづかないうちに　のみこまれるくらい
ちきゅうは　ちいさいのかなぁ

でも　そんな　きょじんにも
ぼくは　さけぶ
ぼくは　ここにいる

ゆびきりげんまん

ゆびきりげんまん　したあとは
むねのなかに　まあるい
たからものが　できたみたい

ちょっぴり　おもたいけれど
なんだか　わくわくするね

ゆびきりげんまん　したあとは
いままで　もっていなかった
ひみつが　うまれたみたい

みぎての　こゆびに　ふたつの
えがおが　のこっているね

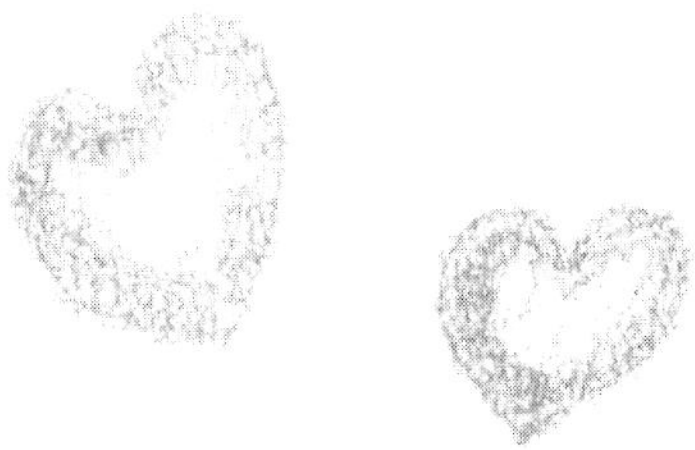

あしあと

あめあがり
あしあと　たどってみたら
おちばの　もりのなか

だれかが　みにきたのね
ちいさな　むしたちが
はねを　たたんで
あまやどり　しているか

あめあがり
あしあと　たどってみたら
こだかい　おかのうえ

だれかが　みにきたのね
なきやんだ　おおぞらで
うまれたばかりの
やさしい　にじの　はし

いたずらな　かぜ

だーれだ

すなまじりのかぜが　くるくるふきあげるから
おもわず　ぎゅっと　めをつぶった
うしろから　とつぜん
めかくしあそびを　されたみたいだ

だーれだ

ごがつの　かぜでしょう
さっきも　ぼうしをとばしたでしょう

そっとめをあけて　ふりむくと
いたずらな　かぜは
ほら　もう
きのうえ

てるてるぼうず

ごめんねって
てるてるぼうずの　つぶやきが
あまおとに　とけていきました

つぶやきは　ちいさな　しずくになって
みずたまりを　ゆらしていきました

えんそくにいくはずだった
あかいリュックは　まちぼうけ

てるてるぼうずの　ねがいごと
こんやには　そらに　とどきますように

かみひこうき

かみひこうきを　まうえに　とばす
あの　あかいやねに　むかってではなく
あの　いっぽんすぎに　むかってではなく
かみひこうきを　てんに　とばす
いちばん　まぶしいところにむかって　とばす

わたしのかたをかすめて
だいちへ　おちてきたとしても

かみひこうきよ
くものかけらを　つかんでこい

ごめんね

ごめんね　の　とびらがおもたくて
なかなか　あけられない
むこうからあけてくれたら
いえるのに

ひざをかかえて　すわっていたら
とおりすがりの　かぜがわらっていった
「がんばって」って　おひさまの　こえがした

もうちょっと　まって
いまは　まだ　からだのなかに
うずまきが　ぐるぐる　まわっているの

にじの　おはなし

つかめない
おいつけない
でも
きてごらん　って
よんでくれている　きがする

いつか
なないろのひかりのふもとに
たどりつけたら

きかせてね
とおいくにの　おはなし
もっと　むこうの
おおぞらの　おはなし

Ⅲ　ゆうひのほうへ

はじめての　てがみ

おぼえたての　じが
よいしょっと　きもちを　はこんでいる

よたよたと
あっちにいったり　こっちにきたり
ときには　さかさまむいていたり

でも
しっかりと　かみのうえをふんで
いっぽいっぽ　あるいている

とどいたよ

ものがたり

みえる　けしき
きこえる　おと
くうきの　つめたさ　におい

ひとつひとつに　わくわくして
めを　まるくして
うけとめている

これから　どう　つむがれるのか
あたらしい　ものがたりを
たのしんでいる　みたいに

きみのように
いちにちの　ページを
ひらくといいんだね

でておいで

かげに　かくれている　あのこ
かおだけ　そっと　みせている
おいで　って　よぶと
したを　むく
でも　また　こっちをみている

そばにいこうかな
まっていようかな

おしゃべりと　わらいごえのなかで
わたしと　あのこだけ
じかんが　とまっているみたい

めとめで
みんなには　きこえない
おはなしをしている

がんばりまめ

てのひらに　できた　まめ
てつぼうを
なんかいも　れんしゅうしたから
がんばりまめって　いうんだよ

きみは　いたくって
しかめっつらを　しているけれど
そのまめを　そっと　なでたとき
とても　まぶしかったんだ

この　てのひらが
みんなに　ちからをくれる
おひさまみたいに　みえたんだ

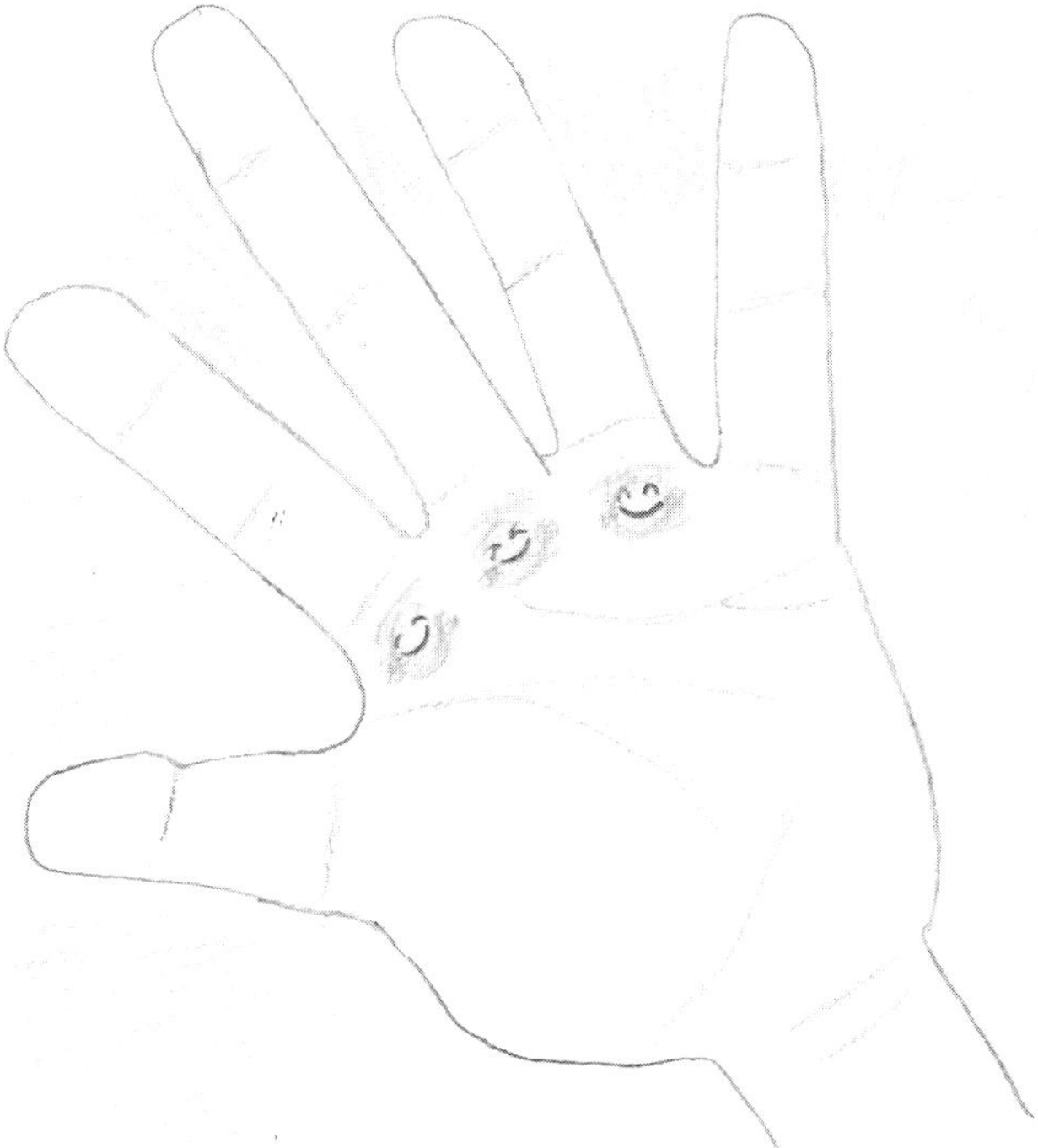

そらいろのハンカチ

ポケットに　はいったままだった
きのうのハンカチ
あのこの　なみだをぬぐってあげて
ねむっていたハンカチ

もう　かわいているけれど
あのこの　かなしみは
しわをのばして
あおぞらに　ひろげられているかしら

はしって
わらって
うたって
ないて

ころがって
あせ　かいて

こどもが　はるを　よんでくる

けんかして
また　いっしょにあそんで
はいいろだった　そらも
おもわず　くすっと　ほほえんだのかなぁ
はるが　きた

バッタのほうこく

たかしくんは　いつも　ながいあみをもっている
むしとりめいじんだ　できるだけ　はなれていよう

はるくんは　こんちゅうずかんを　もっているこだ
つかまえた　むしのなまえを　しらべるのに　むちゅう

じゅんくんには　ぜったいに　みつかるな
そだてている　カマキリの　エサにされるぞ

ようちゃんは　うごきがおそいので　だいじょうぶ
もし　つかまっても　てのすきまから　にげだせる
だが　もちろん
ゆだんは　たいてき

いじょう　こうえんの　みまわりほうこく
みんな　きをつけて　とびまわること

まんげきょうのように

かなしい　きもち
がまんの　きもち
ことばでいうのが　むずかしい　きもち
いろんな　きもちの　かけらを　あつめて
いつか
まんげきょうに　できるといいね

かけらどうしが　つながって
まわしても　まわしても
やさしい　もようで　わらいかけてきて

こんなふうにも
あんなふうにも
かわれるんだって

あるこう

みちばたの
なにげない　いしも
だれかにとっては
まよわないための　みちしるべ

くさむらの
なにげない　はなも

だれかにとっては
わすれていた　おもいでのしおり

ふく　かぜも
そそぐ　ひかりも
やさしくわらっているのに　きづいた

さぁ
あるこう

ゆうひのほうへ

きょうの　ゆうやけは
よるを　にじませた　うすももいろ
さっき　こうえんで　ないていた
あのこの　ひとみと　おなじいろ

どうしたの
きいてはいけない　きがして

あのこの　かえるみちが　どうぞ
ゆうひのほうで　ありますように
たちあがり
いっぽ　ふみだす　そのさきが
ゆうひのほうで　ありますように

福田恵美子詩集『あさがおのパレット』に寄せる

新しいファンタジーの詩の出現

詩人　野呂　昶

さわやかな春の空のような詩集が誕生しました。現実と幻想が入りまじった、もうひとつの美の世界、ファンタジーの世界がきらめいています。しかもどの作品も子どもの感性・目線で表現されていて、おどろきと発見にみちています。ファンタジー詩が書ける詩人は、久しく待望されながら出ていませんでした。それだけにこのたびの詩集は、少年詩の世界に清新な光をもたらすでしょう。

作品を見てみます。

しゃぼんだま

しゃぼんだま
うまれたときに
うたったね
にじのうたを

しゃぼんだま
かぜとあそんで

そまったよ
そらのいろに
しゃぼんだま
はじけるまえに
わらってね
ひかりのなかで

ストローの先から生まれたばかりのしゃぼんだまが、にじの歌をうたうのです。うたっているさきから、しゃぼんだまは、七色のにじの色にそまっていきます。そして、その姿をめずらしげに見にやってきた風と遊びながら、今度はだんだん空の色にそまっていきます。やがて、ぱちんとはじけて、それは笑い声そのものになってしまう。笑い声とは、しゃぼんだまが生まれてきた喜びそのものです。なんと楽しく、美しく、躍動感にみちた世界でしょう。子どもたちは、目をキラキラさせながら、この詩の世界で遊ぶでしょう。

あさがおのパレット

あざやかに　めざめて　ひらくのは
ゆうべみた　ゆめのいろなのね

ふかいふかい　うみのいろ
とおいとおい　くものいろ
あわいあわい　そらのいろ

よあけを　しらせるかぜ
らせんの　つぼみをゆすって
あさがおの　ゆめのえのぐで
にわ　いっぱいに　そめてね

庭の花壇に、あさがおの花が咲きました。みずみずしく、あざやかな、あさがおの花。庭は絵具のパレットで、あさがおは、えのぐ。花の色は、ゆうべみた夢の色、その色は、「ふかいふかい　うみのいろ／とおいとおい　くものいろ／あわいあわい　そらのいろ」をしているのです。朝早く夜明けとともに咲いた、あさがおの花、「ゆめのえのぐで／にわ　いっぱいに　そめてね」、なんと美しい光景でしょう。詩人のすきとおった感性が生み出した、ファンタジー、詩的幻想の世界です。

ゆびきりげんまん

ゆびきりげんまん　したあとは
むねのなかに　まあるい
たからものが　できたみたい

ちょっぴり　おもたいけれど
なんだか　わくわくするね

ゆびきりげんまん　したあとは

いままで　もっていなかった
ひみつが　うまれたみたい

みぎての　こゆびに　ふたつの
えがおが　のこっているね

仲良しの二人、なにかきっと秘密の約束をしたのでしょう。二人だけが知っている、いいことです。「むねのなかに　まあるい／たからものが　できたみたい」、そのたからものは、すこし重たいけれど、わくわくする喜びでもあるのです。どんな約束をしたのでしょう。子どもの時代、仲良しの子とする、ゆびきりげんまん、だれもが経験があるでしょう。その喜びを、ラストのフレーズ、「みぎての　こゆびに　ふたつの／えがおが　のこっているね」が見事に表現しています。「こゆびに　えがおが　のこっている」二人の子どもの情景が目に見えるようです。

ごめんね

ごめんね　の　とびらがおもたくて
なかなか　あけられない

むこうからあけてくれたら
いえるのに

ひざをかかえて　すわっていたら
とおりすがりの　かぜがわらっていった
「がんばって」って　おひさまの　こえがした

もうちょっと　まって
いまは　まだ　からだのなかに
うずまきが　ぐるぐる　まわっているの

なにか相手に気まずい思いをさせたとき、「ごめんね」と言ってしまえば、それで気持ちが収まるのに、それがなかなか言えない。そんな時が、子どもの時代にはよくあります。気持ちが重くてもんもんとしている、その感情を、詩人は、「とびらがおもたくて／なかなか　あけられない」、「むこうからあけてくれたら／いえるのに」、ほんとうにそのとおりです。「ひざをかかえて　すわっていたら／とおりすがりの　かぜがわらっていった／『がんばって』って」。そして、おひさまもはげましの言葉をかけるのです。いつでもどこでもある、子どもどうしの微細な人間関係を明るいタッチで表現して秀逸です。

こどもが　はるを　よんでくる

はしって
わらって
うたって
ないて

ころがって
あせ　かいて
けんかして
また　いっしょにあそんで

はいいろだった　そらも
おもわず　くすっと　ほほえんだのかなぁ

はるが　きた

詩人は幼稚園の先生です。園児たちへのあたたかくやさしい目線から生まれた作品といえるでしょう。寒くて暗い冬、園庭をつめたい風が吹きぬけていきます。「早く春がこないかなぁ」、先生たちは、寒々とした空を見上げて思っています。ところが園児たちは、寒い空も平気、「はしって／わらって／うたって／ないて」、「ころがって／あせ　かいて／けんかして／また　いっしょにあそんで」、いきいきと動きまわっています。その様子に「はいいろだった　そらも／おもわず　くすっと　ほほえむ」のです。子どもたちの明るい元気な姿が、春を呼んで、空がべに色に染まり、花々が園舎を飾るようになっていきます。それは幼稚園にはかぎりません。町でも村でもどこでも、子どもたちの明るい声が、生きる力、生きる喜びが春を呼んでいます。

このたびの詩集『あさがおのパレット』は、言葉の感覚の新しさと共に、一つの言葉に二重、三重の意味性を持たせ、幻想と現実がいりまじったもう一つの世界を描いています。新しいファンタジー詩の誕生といってよいでしょう。

一篇一篇、どの作品にも詩人ならではの新鮮な発見があり、おどろきがあり、心が詩の世界に引きこまれ勇躍する経験をしました。

この詩集が詩を愛する多くの人々（大人にも子どもにも）に読まれ、感動を共有されることを祈っています。

あとがき

『誰とどのような出会いをするかによって、自分の未来は変わってくる』とよく言われますが、私もそのことを実感しています。家族との毎日の些細な幸せ、職場での感動や発見・・・私の日常は今までの様々な出会いで成り立っており、そのことを改めてありがたく思います。

私が詩を書くきっかけとなったのは、詩人・文学者である野呂昶先生との出会いでした。先生のお話を聞くことで児童文学や古典文学への関心が深まり、主宰をされている「ポエムの森」に誘っていただいたことで新しい扉が開かれました。詩作は学校の授業以来だった私にとって、同人の皆さんとの毎月の合評会の時間は真新しい学びの連続で、帰り道はいつも充実感に包まれていました。途中、仕事と家事の忙しさにかまけて会を休会させてもらっていた時期もあったのですが、お会いするたびに「書いてますか」と背中を押してくださった野呂先生や、「いつでも戻ってきてください」と温かく声をかけてくださった同人の皆さんに支えていただき、このたびの詩集出版にたどり着きました。

また、勤務している園の子どもたちや園庭の自然との出会いも私にとって大きな宝物です。私の詩のほとんどが、子どもたちの姿に心を惹かれ書き留めた作品や、園庭の風景に癒され描いた作品です。園での様々な心の揺らぎは私の中で大きく位置を占めており、その一片を詩集の中に残せたことをうれしく思っています。

「詩作は自分の内なる宇宙を見つめること」と野呂先生から教わりました。外の宇宙と同じくらい、自分の内なる宇宙も広大であるのだと。これからも、一つ一つの出会いに感謝しながら、内なる宇宙を見つめていけたら、と思っています。

出版にあたりまして、竹林館の左子真由美さまには大変お世話になりました。ありがとうございました。

二〇二一年七月

福田恵美子

福田 恵美子（ふくだ えみこ）

滋賀県出身。大阪府門真市在住。
保育教諭。
「ポエムの森」同人。

詩集　あさがおのパレット

2021 年 9 月 10 日　第 1 刷発行

著　　者　福田恵美子
発 行 人　左子真由美
発 行 所　㈱ 竹林館
〒 530-0044　大阪市北区東天満 2-9-4　千代田ビル東館 7 階 FG
Tel　06-4801-6111　Fax　06-4801-6112
郵便振替　00980-9-44593　URL http://www.chikurinkan.co.jp
印刷・製本　モリモト印刷株式会社
〒 162-0813　東京都新宿区東五軒町 3-19

ISBN978-4-86000-460-6　C0092